침묵이
깊어진다

침묵이 깊어진다

초판인쇄 | 2019년 7월 1일
초판발행 | 2019년 7월 10일

지 은 이 | 김순옥
편집주간 | 배재경
펴 낸 이 | 배재도
펴 낸 곳 | 도서출판 작가마을
등   록 | 2002년 8월 29일제 2002-000012호
주   소 | 부산광역시 중구 대청로 141번길 15-1 대륙빌딩 301호
            T. 051248-4145, 2598   F. 051248-0723   E. seepoet@hanmail.net

ISBN 979-11-5606-125-0 03810   정가 10,000원

※ 본 도서는 2019년도 부산문화재단 지역문화예술육성지원사업으로 지원을 받았습니다.

침묵이 깊어진다

김 순 옥 詩集

도서출판
작가마을

넋두리 한 마당

작은 기쁨이

단단하면 큰 기쁨이 될 수 있고

큰 기쁨이

깊어지면 행복해 질 수 있을 것입니다.

더 단단하고 깊은 날을 위해

날마다 새로운 길을 찾아 전진할 것입니다.

2019년 여름

저자 김순옥

김순옥
시집

침묵이 깊어진다

제2부

김 순 옥
시집

침묵이 깊어진다

침묵이 깊어진다_____김 순 옥 · 시집

제1부

스카이워크에서

진한 바다 향기에
어찌할 줄 모른다
가슴은 쪽빛으로 물든다

스카이워크에서
바라 본 바다
아찔하다
눈을 마주칠 수가 없다
오금이 저린다
저린 오금은 발걸음을 거부한다
파도소리를 거부한다

하얀 꽃잎을 피우는
다릿돌이 되어준 누가 있다
보이지 않는 그는 누구일까

하얀 꽃잎을
숭어리 피우다가 지우다가
바람은 파도에 칼을 벼리고 있다

멍을 앓다

흔적도 없이 어둠이 내렸다
언제 내린 지도
눈치 채지 못한 꽃잎
꽃잎은 언제 부턴가 시무룩하더니
파르르 떨리기 시작했다
꽃잎은 두려움에 떨고
저리며 아파서 흐느끼며 울고 있었다

어둠은 빛을 가두었다
꽃잎은 시들어 가고
통렬히 타들어 가도
어둠은 멈추지 않았다
캄캄하다고
가슴이 터지도록 울부짖어도
빛이 머문 시간은 피멍이 들어 까맣다
한 줄기 빛이 내리기를
간절히 바라는 꽃잎

어둠은 어둠을 낳고 이별하면
우주선을 닮은 꽃을 피우고
날아가고 싶다

나무

안태본에서 자란 그대로
그 자리에 서 있는 나무
고향을 지킨다
허리 휘어지고 꺾이는 바람을 걸러내고
아픔과 슬픔을 견디며 그때마다 그때를 걸러내고
시간마다 시간을 걸러낸다
꽃 진자리 떨켜에 바람이 불어오면
햇살을 끌어안고 꿈을 키운다
봄눈이 눈을 뜨면 연두 고운 꿈이 자란다
시간 지나 연두 고운 꿈은 푸른 녹음으로
어우러지고 풍성해진다
짙어진 녹음은 그늘을 만들고
그늘 아래서 듣는 매미 소리에 여름은 무르익는다
한 시절이 지나고 또 한 시절이 온다
나뭇가지 잎새들은 홍엽으로 불타오르고
하나 둘 잎새 떨구며 다짐하며 버틴다
홀몸으로 버티는 나무
긴 겨울 어둠 속에서

별빛 달빛의 가파른 수다를 들으며
또 한 시절을 기다린다
침묵이 깊어진다

어둠은 칼바람을 매달고

시간의 틈을 비집고 거침없이 내달립니다

틈 사이를 집중공략 하여 달려야만 합니다

누군가 흘린 땀방울의 흔적을 지우며 달려갑니다

흔적은 사방으로 길이 되어 발길을 기다립니다

발길이 닿은 흔적은 어둠을 분산 시킵니다

목이 칼칼한 어둠

공기 한 모금으로 진정시켜봅니다

어둠은 칼바람을 매달고 질주합니다

겨울비 속으로

회색빛 골목이
겨울비에 젖는다
어제 아닌
오늘
추적추적 내리는 비에
움츠린 골목길이
온통 잿빛 추위를 탄다
움츠린 내 마음도 잿빛이 된다
잿빛 우산을 타고 흘러내리는
빗방울은 가차 없이 떨어져 깨진다
진실이라 믿었던 것들도 가차 없이
나락으로 떨어져
내 마음에 무너져 내린다
심호흡 크게 내뱉는
겨울비 속으로 나는 가고 있다

어떤 하루

분수처럼 솟아 오른 용암
멈추지 않는다
나는 화산이 되어 있다
살점은 화산재가 되어 날아간다
용암은 좀처럼 잡히지 않는다
모래주머니와 물을 계속 퍼 날으고
119를 불러 진화에 나섰다

파상풍 주사를 맞는다
시침질을 시작 한다
한 땀 한 땀 꼭꼭 누른
시침질에 전율을 느낀
근육들은 움찔움찔 솟구친다
붉은빛에 덧칠한 근육들은
푸른빛으로 그림을 그리고 있다

땅속에 박힌 돌덩이는
아무 일 없는 듯 모른 채
무심히 하늘만 보고
그대로 그 자리에 있다

서랍

흘러내리지 못하고
얼룩져 있다

켜켜이 쌓인 그리움
어쩌지 못하고 소름이 돋는다
먹먹한 마음 꾹꾹 눌러본다

봄 향기 가득한 들판에
나풀거리는 나비의 날갯짓이 곱다
시시때때로 불던 바람은 멈추고
4월의 햇살이 따스하다고
수런수런 거리는 소리 들린다
응달진 먼 산에 쌓인 눈은
아직도 녹지 않고 있다

적막하다

신호등

투덜거리듯 불안해 보이지만
작동의 횟수를
애면글면 하게 한다
깜빡이며 노란 경고를 보낸다
작동과 멈춤은 예상대로 긴박하다
불빛을 찾아 날아든
하루살이의 호기로운 용기로
꾹꾹 누른 말들을
노란 불빛으로 내뱉어본다
저 생경한 시베리아
세상으로 걸어가고 싶다
덩그맣게 서 있는
외로움에 떨고 있는
하얗게 바래지는
쓸쓸함에 젖는
밤과 낮은 심드렁하다

현관

틈새를 파고 든 바람
기척을 한다
현관문에 매달린 종 흔들며
은은한 소리의 파문이 일어난다
배웅 하고 마중 하는
안과 밖의 경계선
꼭 통과 하는 좁은 공간이다
한 번 더 매무새를
다듬어 볼 수 있는
어떤 신발을 신을까
고민 해 보는
아로마 향을 느낄 수 있는
은은한 조명 아래서는
왠지 날씬해 보이는
순간,
센서 등은 모른척한다

행진

거짓은 어둠을 낳고
어둠은 거짓을 낳는다
거짓은 분노를 낳고
분노는 분노를 낳는다
함성을 듣고
광장으로 모여든 수많은 불빛
깃발은 소리 없는
아우성으로 허공을 가른다
웃음은 자리를 잃고
많은 말들은 불빛을 따라 걸어간다
꿈속에서 내뱉는
잠꼬대 같은 소문들은
눈물이 피눈물이 된다
무성한 소문은 무성한 소문으로
꼬리를 물고 늘어지며
참과 거짓이 마주 보며 대치한다
허우적거리며 늪에 빠진 거짓
불빛은 밤하늘에 뜬다

황량한

구절초 줄기를 끊는
저 마디 굵은 손

아리다

상처를 후벼 파는
손톱에 긁혀
멍든 가슴이 까맣다

가끔씩 얼굴 내미는
햇빛
가파른 수다를 달랜다

그날을 기다리는
그리움

기차는 오지 않는다

평행선은 고장이 났다
달릴 수 없는 평행선
녹슬었다
녹슨 평행선은
지금 망중한이 아니다
꾹꾹 누른 무게를 털고 있다
바람처럼 가볍고 편안한
시간 속으로 가고 있다

고독하고 적막한
물새들의 날갯짓이 요란하다

기차는 오지 않는다

해가 저문다

꽃 진자리 떨켜에
바람이 들어앉는다
연둣빛에 덧칠한
초록
열정으로 타 오르던 시절은
홍엽 되어 가을을 키우고
하나 둘 떨어져
거리마다 발길에 머문다
꽃잎도
푸르름도
홍엽도
다 떠나보내고
또 한 해가 저문다

낯선,

한 번도 가보지 못한
새로운 길에 들어선다

감나무에 매달린
까치밥은
자의 반 타의 반이다
호기심은 호기심을 낳고
설렘은 설렘을 낳는다

일수를 찍는 밤마다
꿈을 찍는 밤마다
네모 칸에 채워지는 사인이 늘어난다
포스트잇 한 장씩 떼어낼 때마다
꿈은 꿈으로 익어간다

코끼리의 코를 쓰다듬는다
코끼리 코는 자꾸 길어진다
지문이 자꾸 닳는다
닳거나 말거나 지문을 탓하지 않는다

코끼리는

코끼리 일 뿐

어제 그 자리를 지키고 있다

새 한 마리

얼음 위에
살짝 내려앉은
새 한 마리

날갯짓으로
아무리 발버둥 쳐도
요지부동
누군가를 기다려본다

지나가는
따뜻한 마음이
얼어붙은
발을 녹여준다

꾸벅 절하고
파르르 날아간다

에필로그

한 권의 책을 읽는다
시간의 무덤에서만 존재하는 숫자
오늘도 어제처럼 숫자 한 문장을 읽는다
읽은 문장은 벽에 걸어 놓는다
무지갯빛 꿈 하나 사라진다
그리기를 서른 번 한 단락의 문장을 읽는다
한 단락의 문장을 벽에 걸어 놓는다
희망의 날개를 단 한 단락의 문장이 사라진다
벽에 걸린 한 단락 문장은 열 두 단락 문장이 된다
보이지 않는
붙잡을 수 없는
벽에 걸린 문장은 말이 없다
일방통행 하는 독주를 막을 수 없다
밤과 낮의 경계에 선 소란스런 울음소리에
마침표를 찍는다

침묵이 깊어진다___ 김 순 옥 · 시집

제2부

가을 표정

기차가 달리던 길을 따라
기적소리 떠난 길을 따라
길을 잃은 바람이 지나간 자리에
앙증스러운 작은 몸이 하얗게 흔들립니다
눈처럼 작은 몸이 무리를 지어 흔들립니다
눈이 부시도록 반짝이는 제 모습에 흠뻑 젖어 들었습니다
개망초 꽃을 더 많이 닮았습니다
고추잠자리 날갯짓이 맵게 타 오릅니다
내밀한 꿈들이 기다림으로
수줍음이 되어 여기저기 피어나고 있습니다
가을 향기가 피어나고 있습니다

처서 지나고

먹장구름 밀어낸
그 자리에
뭉게구름 밀려오고
고추잠자리
붉은 날갯짓이 한결 수월하다
하얀 물거품 같은 햇살에
젖은 빨래
까슬까슬 말리고 있다
처절하게 울어대던
매미소리
사라진 그 자리에
숨죽이며 기다리던 귀뚜라미
달빛 아래 울어대며
가을을 까불거리고 있다
엎드린 풀들은
비릿한 향기로 코를 막고
그리움에 젖어있다
혹서를 밀어낸 바람은
가을을 향해 달리고 있다

마른 꽃

매달린 너는 숨 가쁘다
순백의 너는 맑은 마음을
타고난 역설을 가지고 있다

주연이 아닌 조연으로
뒷자리를 차지하는
너는
작은 기쁨을 가지고 있다

서서히 메말라 가는,
만지면
뼈가 으스러질 것 같은 모습
부드럽기만 하다

거꾸로 매달린 침묵
끊임없이 한 방향으로
지금
너는 침묵시위를 하고 있다

내년 이맘 때 쯤에도

얼굴을 스치는 상큼한 바람에
가벼운 발걸음입니다

어디선가 수상한 냄새가
스멀스멀 코끝에 닿습니다
바람결이 어딘가
이리저리 살펴봅니다

오롯이 노란 충만의 시간을 향하여
햇살은 수런수런 하며 지나가고
작은 바람은 날마다
동그라미에 그네를 태우며
긴 시간 허공에서
만든 노란 그리움은
동그라미를 굴리면서 나뒹굴고 있습니다

작년 이맘 때 쯤에도
내년 이맘 때 쯤에도
알람시계는 울렸고 울릴 것입니다

저무는 산책로를
먼 곳인 듯 보고 있습니다

딱따구리

새는
호두나무 줄기를
콕콕 쪼아대고 있다

새는
호두를 따 먹고
매일 부리가 길어지고 있다

덧난 생채기로 자라는 나무
지나가는 바람에 흔들리며
너덜너덜 해지고 있다

뾰족했다가
세모였다가
동그랗다가

오만과 편견으로
습관이 된 부리는
그것이 일상이 되어
하루를 쪼아대고 있다

감잎차

한 잎의 낙엽이 되어
찾아 온
봄에 떠난 그대
연둣빛으로 톡톡 깨어나
싱그럽던 그 얼굴은
찾아볼 수 없다
푹 패인 주름은
노을빛으로 물들고
당당한 어깨는
움츠러들어 작아지고
나를 바라보는 눈빛은 애잔하다
가슴 떨리는 소리로
찻물을 끓이고
말없이 내미는 손길은 무던하다
아!
노을빛 감잎 하나
찻잔에 내려앉는 깊은 시간이다

솟대

소리 내어 울고 싶어도
울지 못하는
날고 싶어도 날지 못하는
날 수 없는 새

먼 허공을 응시하며
그것도 한 방향으로만
그리움에 몸부림치는

그것이
허황된 꿈이라는 걸 알기에
금방 접는다

숲속 나무 사이로 비치는 별빛
귀 기울이는
나는
내 외로움을 이렇게 서 있다

가을 이야기

바람이 익어 가고 있어요
시나브로 낟알이 차고 있어요
아무도 눈치 채지 못하게 익어가고 있어요
구름도 익을까 말까 망설이고 있어요
가을 언덕이 등을 긁고 있어요
경상도 사투리는 하모하모 하고 있어요
전라도 사투리는 그라지라 그라지라 하고 있어요
서울 표준말은 그렇지 그렇지 한 수 뜨고 있어요

먼 나들이

가을이 누렇게 익어간다
참새와 허수아비
장대에 매달린 깡통
쫓는 자와 쫓기는 자의 한 판 놀이
매달린 깡통 숨 가쁘다
바람에 흔들리는 허수아비도 숨 가쁘다
쫓기며 날아가는 참새도 숨 가쁘다
논두렁콩들도 꼬투리를 터트리고
숨죽이는 까마득한 날
삐걱대는 기억에 갇혀 있는
희미한 기억의 문을 연다

허수아비는 그저 허수아비일 뿐이다
참새는 허수아비 보다 한 수 위다
아무리 쫓아도
돌아서면 다시 내려 않는

한 시절의 그리움을 담은
먼 나들이
이제는 기억의 문을 닫는다

침묵 집행 중이다

많은 숫자들이
침묵으로 셈을 헤아리고 있다
네모 속에 갇힌 숫자들은
누군가를 기다리며 설렌다
어떤 오차도 허용 하지 않는
비밀번호를 해제한다
바람 소리 사이로
간절한 꿈들이 쌓여가고
시간을 쫓아 내달리는
자동차 행렬이 길다
출구를 기다리는
한낮 땡볕에
땀범벅이 된 얼굴이 얼룩덜룩하다
쏟아진 별들을 어루만지고 쓰다듬는다
다시 침묵 집행 중이다

초롱꽃

1
어두운 길
잘못 들까봐 풀숲으로 갔다
헤아릴 수 없는
날을 지새우며
기다려도 기다려도
오지 않는 그를
기다리는 꽃이 되었다

2
종소리가
그리워 강가로 갔다
윤슬에 빛나는
강물 흐르는 소리
듣는 너,
밤을 애태우며
강을 건너는
수많은 날
종소리는 들리지 않았다

들리지 않는
종소리를 그리다가
꽃이 되었다

파도처럼

햇살이 부신 꽃잎은
살짝 눈을 감아 봅니다
파르르 떨리는 미풍에
몸을 부풀려봅니다
여린 몸짓은 즐겁습니다
나붓나붓 일렁이는 약풍까지는
견디며 이겨 내었습니다
무자비한 강풍은 두렵습니다
모든 것을 밀어 버렸습니다
짓물러진 상처에
눈물은 메말랐습니다
파도처럼 떠밀린
구름 위를 떠다니는
몸짓이 애처롭습니다
나를 밀어버린
먼 기억 속으로 떠밀립니다

게

오른쪽으로 갈까 왼쪽으로 갈까
고민하는
앞으로 갈까 뒤로 갈까
망설이는
오른쪽 앞으로 가기로
결정하는
앞으로 가려고 해도
자꾸만 옆으로 가는
옆으로만 걸었던 나
가다가 쉬었다가
돌아보면
걸었던 길은
이런저런 헷갈림이 되어있다
종종걸음이 지치면 드러누워
구름 한 점 없는 하늘을 쳐다본다
촉촉한 내장이 아니면 끝장이야
빗살 아가미로 호흡을 하며
비눗방울처럼 몽글몽글 피어나는 꿈
연신 뿜어내며 옹알이를 하는,

지방방송

자투리 시간을 메우는
서브방송
뒤죽박죽한 말들이 난무한다
난무한 말속에
키득거리는 눈웃음이 있다

목소리는 통제 되지 않는다
건너편 말이 들리지 않는다
눈살을 찌푸리게 한다
날개를 단
많은 말들이 날아다닌다
스트레스에
날개를 달아 날려보낸다

－지방방송 꺼 주세요

드라마에서는 서브가 메인을
밀어 내기도 한다

수평선 너머

하늘과 맞닿은
수평선 너머에는
새털구름이 모여든다

붉게 물든 까치놀 아래
구름의 날갯짓은 붉다
쉼 없는
날갯짓은 까치놀을 재촉한다

먼 항해 떠나는 배
물보라 메밀꽃 피우며 가고 있다
그 꽃은
지지 않는다

혹등고래 자맥질에 출렁이는 바다
더욱 푸르게 빛난다

내일을 향해 달려오고 있다

꿈을 잃은

지리멸렬한 문장들이 울고
뒤죽박죽 눈물이 엉킨다
여기저기 기웃거리지만
자리 찾지 못한 퍼즐은
가슴 터지도록 통곡을 해도
구겨진 모습으로 있을 뿐이다
빛은 보이지 않는다
오직 어둠만이 있을 뿐이다
누군가의 손에 이끌려
소각장으로 가야한다
그 곳으로 간 문장들은
한 줌의 새까만 재가 되어
허공으로 날아가
허공이 된다

제3부

날개를 달았다

날개를 달고 있었다
양떼들이 무리지어
하얗게 달려가는
구름이 여기 저기 낮게 깔린
구름 위를 날고 있었다
쉬폰케익처럼
부드러울 것 같은
손닿으면 잡힐 것 같은
구름 위를 날고 있었다
저 넓은 쪽빛 바다 위를
저 많은 까치놀을 헤아리며
날고 있었다
석양에 타는
저녁놀 위를 날고 있었다
저녁놀에 물든
꿈, 한 때였다

폭염에게

도저히 끝날 것 같지 않는
무성한 소문으로 온 세상이 들끓고
무성한 소문은
연일 무성한 통증을 앓고 있다

미동도 없이 힘들어 하는
푸름을 보았다
검붉게 타 들어가는,
가슴을 아리게 한다
떼창하는 매미울음소리 처절하다

새털구름은 아무 일 없는 듯이
유유히 흘러만 간다
한 낮의 거리는 적막하다

검은 안대를 쓰고
뒤척이며 잠 못 드는 밤

아무런 인사 한 마디 없어도

떠나기만 한다면

당신을 꺾어줄 태풍에 박수 칠 것이다

맹그로브 숲으로 가다

쪽배를 타고 맹그로브 숲으로 갔다
젊은 뱃사공은 당신을 만나 행운이라는 꽃말을 가진
플루메리아 화관과 천일홍반지를 건네주었다
화관을 머리에 얹고 반지를 끼고 플루메리아꽃 같은
이를 드러내고 활짝 웃었다
시작도 끝도 없는 바다 같은 호수에
맹그로브나무는 이곳으로 삶을 옮겼다
뿌리를 내리고 숲을 이루었다
태풍의 피난처가 되고 물고기들의 안식처도 된다
물속에 비친 제 모습을 마주보고 서 있는 나무
눈이 시리도록 비치는 햇살은
호수 위에 부딪히며 부서졌다
무리지어 도열 해 있는 부레옥잠화
하루만 피었다가 지고 마는 꽃
서러웠다
더부살이가 서러웠다 물보라에
치맛자락 뒤집어쓰고 시위를 하고 있다
이편도 아니고 저편도 아닌
고향으로 돌아 갈 수 없는

수상가옥 사람들의 더부살이도 서러웠다
뱃사공은 휘파람을 불었다 귀에 익은 가요는
숲속의 고요를 찢으며 울려 퍼졌다
함께 흥얼거렸다
서늘한 그늘 사이사이로 노를 저어 지나갔다
나뭇가지 사이로 내 비치는 햇살은
손차양을 하고 그늘을 만들어 보지만
얼룩진 얼굴은 따갑기만 하다
바나나 잎 부채로 바람을 일으켜본다
간간이 톡 쏘는 바람이 불기도 한다
맹그로브 숲속의
유유자적한 뱃놀이에 젖어 행복했다
아늑하고 평온했다

* 캄보디아 톤레삽 호수

얼음조각

조각칼이 마술을 부린다
칼끝이 움직일 때 마다
하나하나씩 비밀이 눈을 뜬다

물감을 풀어 놓는다
얼음은 온통 물감으로 물들어 간다
얼음이 얼음을 사포질 한다
쿨럭쿨럭 사포질된 얼음 위에
다림질로 갈무리한다
허공에 가득 찬 하얀 기운은
안개가 되어 퍼져나간다

얼음조각 속에서
안개를 먹고 자란
난쟁이바위 솔 꽃이 피어나고
날개에 작은 눈알을 달고
가락지나비가 나풀거린다

더위가 잠시 어리둥절하다

친구들과

더위를 피해 더위가 없는 곳으로 갔다
연초록에 푸름을 덧칠하는 나뭇잎들은
수줍은 미소로 인사를 건넨다
반쯤 덮힌 다래넝쿨 아래 흐르는
계곡물에 발을 담그고 일상의
시름을 잊고 깔깔거린다
웃음소리 계곡에 울려 퍼진다

족대를 가지고 물고기를 잡는다
잠자고 있던
물고기들 화들짝 놀라 밖으로 나오다
족대에 걸려든다
걸려든 물고기는 보양식이 된다
가마솥 걸어놓고 어탕을 끓인
훈훈한 식탁에 정이 넘쳐난다
소름이 돋는 계곡물에
물고기 잡고 다슬기 잡고
멱감고 물장구치고 노는 모습은
동심에 젖어 있다
동심은 물장구 놀이였다

해질 무렵에

언덕배기에 서서
코발트빛 바다를 내려다본다
가끔씩 찾아오는
새들의 청아한 소리를 들으며
서 있는 나무
골짜기를 막 휘돌아 나온
소슬바람에 휘청거린다
숨 헐떡이며 살아온 안쓰러운 모습을
바람이 알기나 할까
구름이 알기나 할까
녹음 무성한 날
나뭇가지에 걸린 가오리연에게
안부를 묻고
하얀 비단망사를
늘어뜨린 면사포구름에게
신부의 수줍은 미소를 보낸다

푸름이 시간을 덧칠 할 때
적막이 깊어진다
깊어진 적막이 쌓여 갈 때
낙엽도 쌓여간다
한갓진 까치놀이 붉게 타오른다

불볕 아래

왼쪽으로 돌아누워도
오른쪽으로 돌아누워도
세상은 바뀌지 않는다

막무가내다

금속성질의 열팽창계수를 진정 시키는
해열제 처방이 나온다
물을 먹이고 그늘에서 안정을 취하게 한다

바람이 들락날락 할 때마다
불볕 햇살이 찜질한 때 있다
엉겁결에 날아든 꽃잎이
나비처럼 나풀거린다

불덩이 같은
도깨비 풀이 자라고 있다

정자에 올라

송림 사이로 솔향기 묻어나는 바람을 맞으며
동그라미를 그린 돌 산책길을 지나
정자에 올랐다
소나무에 반쯤 걸린 초승달이 떠있다
어스름 달빛에 빛나는 물비늘은
밤하늘에 잔잔히 퍼지고 있다
지나가는 바람소리와 소곤거리는 파도소리를
배경음악으로 삼아 우리는 시낭송을 했다
푸른 시어들은 각자의 개성 있는 목소리로
행간을 누비며 밤바다에 스며들었다
건너편 백사장에도 네온사인이 형형색색의
불빛을 터트리며 밤하늘을 수 놓았다

한 낮의 아스팔트

지열은 일사병을 전염시키고
지금 펄펄 끓고 있다
부글부글 들끓고 있다
한 낮의 끈적거리는 아스팔트에
열기는 불꽃처럼 타 오르고
아지랑이처럼 아른거린다
도로 공사하는 인부들의 이마에
벌레 같은 검은 땀이 기어간다
불볕 한 낮을 달리다
펑크 난 자동차는 그 자리에 서 있다
꼬리 물고 오는 자동차들은
차선을 바꾸어 달리고 있다
길을 잘 못 찾아든 지렁이는
화상을 입고 널브러져 있다

더위 먹은 신호등도 더디다
건너가는 사람들 발걸음도 굼떠 보인다
부질없이 울어대는 매미소리에
가로수 이파리는 귀를 막는다

안개

숲을 먹은 안개
오리무중이다
길이 보이지 않는다

안개꽃이 아닌
무궁화꽃이 피었습니다를 외치며
한 발짝씩 옮기며 찾아간다
소리 없이 다가 온 푸른빛은
불쑥 드러난 언덕에서
발걸음을 멈추게 한다

구름이 피어오른다
어느 새 부푼 햇살이
나뭇가지 사이를 뚫고 비친다
그 틈에 걸려 나부끼는 미풍에
까마귀 이 가지에서 저 가지로 옮겨 다닌다
수수꽃다리 길을 따라 가는
향기는 더욱 달콤하다

떠났던 새가 날아든다

따뜻한 시선

바람처럼 가벼웠다가
피어나는 꽃향기 따라
맴돌았다가
순간에 비치는 햇살을 쪼아 먹고

따뜻한 눈빛으로 감싸는
인자한 아비의 마음이었다가
무엇이든 다 줄 수 있는
어미의 마음이었다가
때로는
순백의 뭉개진 아이의 마음이었다가

비파나무 두 그루 서 있다
너와 나 마주보듯

가장 달달하고 훈훈한 맛
동그라미를 그리고 있다

사막

불볕 모랫길을 걸어가는
낙타의 발자국이 탄다
저 멀리서 걸어가는
사람들이 아른아른 하다
모래 언덕을
강타하는 회오리는
붉은 물결을 집어 삼킨다
낙타의 발자국도 어떤 흔적도
가뭇없이 지워버린다
붉은 물결을 내려다보는
별들이 수런수런하다
수런거리는 별들이 강물처럼 흐른다
영원히 반짝이지 않을
이름 없는 별똥별
하얗게 반원을 그리며 사라진다

어린왕자는 사막여우를 기억한다

물총새

나뭇가지 끝에서
강물의 안 과 밖을 경계하며
숨 고르기 한다

한 순간을 포착한다
잽싸게 긴 부리로 내리 찍어
햇살에 빛나는
물고기 한 마리 낚아챈다

파닥거리며 발버둥 치는
물고기

다시 긴 부리로 내리 찍는다
출렁이는 물비늘
반짝이며 허공에 부서진다

화려한 몸짓으로
날갯짓 하는 작은 요정
날렵한 낚시꾼이다

테트라포드

거친 파도가 밀려와도
하얀 거품을 껴안고 다독여 돌려보내는

바람 몰아치는 어떤 두려움도 무서움도
물리치는 힘이 되고 지혜가 되는

쓰린 세상을 품어주고
지혜로워지라고

호수같이 잔잔하고 고요하라고
편안하고 포근하라고

먼 수평선 까치놀에
붉게 물든 볼을 쓰다듬는

자상하고 억센
수다들이 모여들었다

일월 담

흰 구름을 쫓아오다 산 속의 바다를 만났다
어머니의 품 속 같은 호수를 만났다
사오족의 절구소리가 수려한 산 속에 울려 퍼졌다
동쪽 끝에는 해가 잠겼고 서쪽 끝에는 초승달이 잠겼다
여명이 동트는 새벽이면 몽환처럼 피어오르는 물안개
수채화처럼 퍼졌다 스르르 눈이 절로 감겼다
깊고 푸른 호수는 은빛 햇살에 눈이 부셔 수군수군 거렸다
보트는 하얀 물보라를 날리며 거침없이 달렸다
상처 받고 지친 영혼 삶의 찌꺼기들을 탈탈 털어 날려버렸다
신나게 불어오는 바람에 흔들리는 수초들은
흔들리다가 흔들리다가 제 흥을 못 이긴 채 드러누웠다

타이완 최대의 고산호수

작은 가게

화려한 조명과
인테리어는 필요하지 않습니다
비치는 햇살이
유리같이 맑은 하늘과
느긋하게 흘러가는 구름과
옷깃에 일렁이는 바람과
허공에 떠도는 먼지도 디스플레이가 됩니다

질문하는 사람은 많지 않습니다
질문에 눈길 한 번 주지 않고
질문은 질문을 낳고
간절함은 또 다른 간절함을 낳고
대답을 기다리는 마음 외롭고 지루합니다
답답한 가슴의 숨통을 틔우는
어쩌다 대답하는 사람만 있습니다

오금이 저립니다
그렇게 하루가 지나갑니다

침묵이 깊어진다_____김 순 옥 · 시집

제4부

비문증

모기 한 마리
수풀 속에서 비상을 꿈꾸지만
날지도 못하고 울지도 못하고
어둠 속에 갇혀 버렸다

잡히지 않는
아니 잡을 수 없는
그 누구도 볼 수 없는
보여 줄 수도 없는
오직 나만이 볼 수 있는

캄캄한 어둠속에서
동그란 점이 되었다
제 갈길 찾아
그 작은 애처로운 몸짓으로
날갯짓은 무리였다

비상을 포기한 채
나와 동거를 시작하였다

봄으로 가는 길

참새들 수다 떠는 소리는
아직
잠이 덜 깬 가냘픈 나목의
귀를 간질인다
간지럼에 화들짝 놀란 여린 몸은
꽃향기로 맴도는
연분홍 봄을 향하여 기지개를 켠다
겨울과 봄의 얇은 햇살을 붙들고
가벼운 바람을 끌어안고
저 깊고 깊은 땅속의
풀무질 소리
나목의 귀가 점점 깊어지고 있다

금낭화

푸른 하늘에 뭉게구름 흘러간다

부드러운 햇살을 먹고

나부끼는 바람을 먹고

통도사 서운암

간장 된장이 익어간다

장독대와 어우러진 금낭화

산새소리 들으며

산자락에 군락을 이룬

금낭화 물결이 출렁인다

길게 휘어진 줄기에 매달려

그네 타는 금낭화

까르르 쏟아내는 웃음으로 엮은

초파일 등불을 밝힌 너

빈자일등貧者-燈 이라는 것

빈자일등貧者-燈 이라는 것

그대를 따르겠다고

환한 등불을 높이 걸었다

목련꽃

겨우내
몸부림치더니
붓끝 속에서
길어 올린 일필휘지—筆揮之

가지마다 벙글어진 몸
은은한 미소 바람에 띄운다
바람은 바람을 걸러내고
시간은 시간을 지나
햇살 바지랑대에 세상을 걸어놓는다

순백의 아름다움이여
고고한 낯빛이여

부르지 않아도 스스로 깊은
봄날이 익어간다

오어사 풍경

내가 살린 물고기야
아니야
내가 살린 물고기야
운제산 품속에

출렁이는 마음 분별심 일어난
해골바가지
일체유심조

지나가던 구름이
물고기를 건지느라 허우적거린다

따스한 봄 햇살에
이유 없이 흔들어대는 바람

둘레길 연초록 나뭇잎
흔들리다가 흐느끼다가
물속에 드러눕는다

립스틱

지난 봄 마디 하나 뚝 끊어 화분에 꽂아놓았다

며칠 지나보니 탄탄하게 뿌리를 내렸다

긴 햇살을 그리워하고 잔잔한 바람을 느끼며 비를 기다
렸다

기다리던 비가 내렸다 비를 먹고 더욱 생기가 났다

용트림 하는 화분의 속내가 변화하는 움직임이 보였다

줄기의 마디에서 유록이 나오기 시작했다

햇살을 먹고 바람을 먹고 유록은 마디가 되었다

줄기의 마디는 또 줄기의 마디를 낳고 또 그 줄기의 마
디는

또 줄기의 마디를 낳았다

어머니는 딸을 낳고 그 딸은 또 딸을 낳았다

햇살은 또 다른 햇살을 끌어오고 바람은 또 다른 바람을
불러오고 시간은 시간을 건너

화분을 가득 차게 했다

어느 날 줄기 마디에 가냘픈 솜털이 나와 점점 길어졌다

그 솜털 사이로 뽀루퉁 내민 붉은 입술이 보였다

차갑고 도도한 입술

그 입술의 눈치를 보면서 립스틱을 발랐다

또 다른 어느 날 붉은 입술에 함박웃음이 피었다

꽃밭에서

꽃밭에 선 여인이
봄비 그친 하늘을 쳐다봅니다
구름 한 점 없는
하늘은 너무나 맑고 투명합니다
잠자리 날개 같은 원피스
스카프 휘날리며
잠자리 같이 날아오를 것 같습니다
접지 않고 들고 있던
오렌지색 우산은 펼친 채
바람개비 되어 돌아갑니다
갈래머리 땋은 아이는 한 다발
꺾은 꽃을 들고
구부린 허리를 펼 줄 모릅니다
꽃양귀비 복수초 꽃마리 각시붓꽃 양지꽃
꽃들로 가득한 꽃밭은 화려한 궁전
눈이 시립니다
봄비를 먹은 꽃들은 더욱 생기가 돋아납니다
꽃을 찾아든 배추흰나비 나풀나풀 매끄럽습니다

옥살리스

장독대 새금초 뜯어 먹다가
꽃으로 피어난,
혼자서는 기댈 곳 없어
무리 지은 너
여기 저기 사랑을 찾아
발길에 뭉개져 피멍이 든
보라색 너
밤은 어둡고 추위는 캄캄하고
오직 햇살만을 찾아 들어
나비 날개처럼 폈다가 접었다가
그대와 영원히 함께 하고 싶은
떠나지 않는 너
사랑초야!

한 소식이 온다

얇은 햇살을 머리에 이고
봇도랑 얼음장 밑으로 흐르는
잔잔한 음악소리를 들으며

여기
저기
꽃잎 터지는
두런거리는 소리 듣는다

홍매화
간지럼 타
자지러지는 웃음
피어오르는 소리 듣는다

봄 마중 번개 팅 하자고
한 소식이 온다

봄 까치꽃

봄비가 내린다
여름날씨 같은 천둥 번개를
동반하고 소낙비를 몰고 와
들판의 고요를 깨운다
잠자던 개구리 천둥소리에
큰 눈알 굴리며
놀란 가슴 쓰다듬는다

봄 까치꽃
재미있는 또 다른 이름 큰개불알풀
작은 꽃잎은
그 작은 꽃잎은
꽃잎을 나비 날개처럼
접었다 폈다 하고 있다
산수유 꽃보다도
먼저 봄을 알리는
보랏빛 꽃

사랑스럽고 귀엽고 앙증스럽다

봄비 그리운 까치
울음을 울고 있다

의자에 앉아

비가 계속 내린다
폭풍도 몰아친다
나를 흔드는

부러질까 말까 생각하는
빈 나뭇가지에 휘청거린다
모든 사물이 들썩이며 휘청거린다
세상의 찌꺼기들이 날개를 단다

나뭇가지에 꽃망울 터지고
잎이 돋아나고
바람이 아무리 흔들어도
봄은 온다
고집부리처럼
터진 꽃망울이 또 터진다

허공에 휘날리는 꽃들의 반란을
기다리고 있다

감꽃

바람이 일렁일 때마다
별처럼 멀리 뜬 노란 신호를 하는
소용돌이치는 어제 오늘
후드득 떨어지는 노란 별꽃
가뭇한 눈에 현기증이 인다
놀란 가슴 다독거린다
상처는 입지 않았는지
떨어진 별꽃들을 손에 쥔다
바람결에 엿들었을까
나뭇가지 사이로 햇살이 드나든다

섬, 오브제

너에게로 가는
꿈을
수없이 꾼다
그리움에
갈증이 나
깎아지른 절벽에
몸을 부딪쳤다

고흐가 그립다

늘 너를 기다리고
기다림에
젖어있는 해바라기

등대 불빛에 의지한
쓸쓸함에 대하여
까치놀에 대하여
노을이 탄다

봄, 꿈을 꾸다

우듬지 끝에
맞닿은
구름은 꿈을 키우며
떠 있다

풀잎에 이는 바람은
설렘을 안고 불어온다

꽃다지 등에 비치는
햇살은 따스하다

겨울은
봄을 내어주기 아쉬워
마지막 날씨에
지독한 추위를
몰고 와
변덕을 부리며 여운을 남긴다

외투 깃을 세우고
가던 길을 다시 간다

기다려도 오지 않는

노란 그리움이 풀꽃처럼 피어나고 있어요

노란 꿈을 잃지 않으려고 안간힘을 쓰고 있어요

헝클어진 긴 머리카락

보듬고 보듬어 쓸어 올리고 있어요

만개한 시절을 꿈꾸고 있어요

따스한 햇살을 엿보며 흠모하고 있어요

언제 어느 날 오시려는가요

잠 못 이룬 힘든 밤이 얼마나

많았는지 아시는가요

기다려도 기다려도
오지 않는,

뒤뜰

꽃대를 피워 올린 장다리꽃
노란 그리움으로 그립다
자줏빛 자운영 꽃구름으로
신열을 앓는,
나풀거리며 노랗게 맴도는 나비와
붕붕 거리며 날아든 벌떼들
제 구역을 찾는 동그라미를 그린다
나들이 나온 무당벌레
꽃향기에 취해 가던 길 멈추고
따스한 햇살에 굿을 친다
아지랑이 불꽃처럼 피어나고
풀벌레소리 고요를 타고
가슴을 파고든다
올해는 유달리 가슴을 앓는다

침묵이 깊어진다_____김 순 옥 · 시집_____

『침묵이 깊어진다』를 읽고

— 김순옥 론

유병근

『침묵이 깊어진다』를 읽고

– 김순옥 론

유 병 근
(시인)

시인 김순옥의 시적 경향은 다분히 감성적이다. 감성으로 짜인 시인의 시정신이라고 말할 수 있겠다. 그렇다고 감성만은 아니다. 때로는 이성적인 측면이 시인의 시적정신을 보다 더 폭넓게 시의 바닥을 관통하고 있음을 놓칠 수 없다. 감성과 지성과의 교감으로 구성된 시인의 시 세계는 때로는 유연하고 때로는 잘 짜인 그물처럼 옹골차다.

누구의 언급이라고 말할 것 없이 시는 보는[視]자의 몫이라고 했다. 대상을 보고 그 대상이 갖는 세계를 나타내는 것이라고 했다. 대상은 깊고 넓다. 대상은 소리 없는 소리를 갖는다. 그 소리에 귀를 기울이는 시인의 맑은 정신이 시의 바닥에 그대로 투영된다. 투영된 그림자의 모양새를 찾아 표출하려는 시인의 혜안은 대상을 향하여 부단하게 열려 있다. 그 열린 안목으로 시적미감을 창출하려는 시인의 감성을 읽는 흥취에 끌린다.

시를 일별하면 시인 김순옥은 사계四季의 시인임을 직감할 수 있다. 차례로 묶은 내용이 우선 그렇다. 그런 탓으로 우선 시계를 즐겨 읊는 시인이라고 말할 수 있다. 봄에서 겨울에 이르기까지 특이한 시적감성으로 각 계절마다의 특색을 읊는다. "돌아누워도/세상은 바뀌지 않는다"(「불볕 아래」 부분). 이처럼 여름 불볕을 읊는 시인은 한결 같이 미더운 세상 이야기를 풀어놓는다. 몸을 이쪽으로 돌려야 하나 저쪽으로 돌려야 하나는 여름 무더위를 지나는 시인의 고뇌만은 아니다. 세상 이치는 이 자리가 편하나 저 저리가 편하나 하는 생각으로 몸을 이리저리 움직인다. 감투 이야기인들 다를 바 없다. 어느 자리에 앉아야 앞이 보이고 어느 자리에 앉아야 안전하리라는 이기적인 생각으로 가득 찬다. 그것을 시인은 잘 안다. "불덩이 같은/도깨비 풀이 자라고 있다"(상동)에 이르면 세상은 자아보호를 위한 인두꺼비를 쓴다. 여름 한때를 지나는 시인의 감성은 도깨비 풀 같은 세상과 마주선다. 그것이 어쩌면 시인의 여름나기라고 하겠다.

시는 말할 나위도 없이 시인의 정신을 통한 세상을 이야기한다.

비파나무 두 그루 서 있다
너와 나 마주보듯

가장 달달하고 훈훈한
동그라미를 그리고 있다

— 「따뜻한 시선」 부분

이것이 어쩌면 시인의 시선인지도 모른다. 그렇다면 시인의 가슴은 따뜻하다. 비파나무가 두 그루 서 있는 것만 보아도 따뜻함을 느끼는 시인의 감성은 자상하다. '동그라미'란 모가 나지 않는 부드러움이다. 그 부드러움을 서로 마주보는 비파나무 두 그루에서 찾아낸다. 이런 점으로 볼 때 또한 시인의 따뜻한 감성을 찾을 수 있다. 시는 인간의 마음을 따뜻하게 하는 시적 치료제임을 이 시에서도 다시 찾을 수 있음이 반갑다. 그런 시정신이 살아 있음으로 시인은 세상을 보는 안목이 따뜻하고 참신하다고 할 수 밖에 없다.

시인 김순옥의 시집『침묵이 깊어진다』를 읽으면 독자의 마음도 따뜻한 시인의 시적 안목을 닮아 절로 따뜻한 세계로 잠입됨을 느낄 수 있으리라. 그것은 시를 읽는 또 다른 길일 수도 있고 기쁨이기도 하다. 그런 기쁨을「봄으로 가는 길」에서 찾아보는 것도 무관하리라 본다. 봄은 약동의 계절이다. 겨울 동안 침체해 있던 모든 물상이 봄과 더불어 새 생명력을 일으켜 나가는 계절이다. 봄을 스프링spring이라고 하는 까닭도 거기 있다.

참새들 수다 떠는 소리는

아직

잠이 덜 깬 가냘픈 나목의

귀를 간질인다

간지럼에 화들짝 놀란 여린 몸은

꽃향기로 맴도는

연분홍 봄을 향하여 기지개를 켠다

겨울과 봄의 얇은 햇살을 붙들고

가벼운 바람을 끌어안는다

저 깊고 깊은 땅 속의

풀무질 소리

나목의 귀가 점점 깊어지고 있다

— 「봄으로 가는 길」 전문

　　시인 김순옥에 있어서 봄은 '가냘픈 나목의/귀를 간질이'는 감각적인 이미지에서 온다. '저 깊고 깊은 땅 속의 풀무질 소리'를 듣는 '점점 깊어 지'는 이미지는 봄을 표현하는 가장 핵심적인 언어운용이지 싶다. '은은한 미소 바람에 띄운다/바람은 바람을 걸러내고/시간은 시간을 지나/햇살바지랑대에 세상을 걸어놓는다.'(「목련꽃」 부분) 이처럼 김순옥 시인의 시심은 깊은 정서적 감성으로 어울어진다.

비가 계속 내린다/폭풍도 몰아친다/나를 흔드는//부러질까
말까 생각하는/빈 나뭇가지에 휘청거린다/모든 사물이 들썩
이며 휘청거린다/세상의 찌꺼기들이 날개를 단다//나뭇가지
에 꽃망울 터지고/잎이 돋아나고/바람이 아무리 흔들어도/
봄은 온다/고집부리처럼/터진 꽃망울이 또 터진다//허공에
휘날리는 꽃들의 반란을/기다리고 있다

— 「의자에 앉아」 전문

　비교적 정적이라고 믿었던 김순옥 시인에게서 느끼는 일종의
반란을 여기서 읽을 수 있다. 그 속에는 '바람이 아무리 흔들어
도/봄은 온다'와 같은 굳은 신념이다. 이것은 정적정서만을 읽
어나가는 시인의 맥락에서 상당히 중요한 일종의 반란이다. 시
는 고분고분한 것만이 아니라는 것을 이 한편의 시가 보여준
다. 시는 반한 하는 성격을 갖는다. 언어에 반기를 들고 형태에
반기를 들고 나서는 것이 시의 길이기도 하다 오늘 언어는 오
늘로 끝난다. 새롭게 낯선 언어감각이 시의 몫을 더욱 치열하
고 굳건하게 한다. 함으로 시는 오늘에 안주하기를 거부한다.
새로운 언어를 탐구한다는 것은 새로운 세계를 구현하려는 치
열한 노력이며 그 빛이다.

　　하늘과 맞닿은
　　수평선 너머에는
　　새털구름이 모여든다

　　붉게 물든 까치놀 아래
　　구름의 날갯짓은 붉다

쉼 없는
날갯짓은 까치놀을 재촉한다

먼 항해 떠나는 배
물보라 메밀꽃 피우며 가고 있다
그 꽃은
지지 않는다

흑등고래 자맥질에 출렁이는 바다
더욱 푸르게 빛난다

내일을 향해 달려오고 있다

– 「수평선 너머」 전문

'새털구름' '까치놀' '메밀꽃' '흑등고래' 등으로 연결되는 동적 이미지는 먼 바다의 생명력을 말한다고 보겠다. 움직이는 것에는 생명력이 있다. 그 생명력으로 바다는 '내일을 향해 달려오'는 생명력을 갖는다.

이러는 틈새에 '바람이 익어가'는 「가을 이야기」를 듣는다. '가을 언덕이 등을 긁고 있'는 충만한 가을 이미지가 떠오른다. 이런 충만한 계절에는 마음도 느긋해진다. '경상도 사투리는 하모하모하고 있어요. 전라도사투리는 그라지라 그라지라 하고 있어요/서울 표준말은 그렇지 그렇지 한 수 뜨고 있어요'라며 다소 여유 있는 시적태도를 보여준다. 느긋하다. 이런 느긋함으로 또 새로운 시적성장을 꾀하는 길이 된다.

시인은 시의 지킴이라 했다. 치열한 시정신이 시의 계도를 보다 차원 높은 곳으로 올린다. 그것은 말할 나위도 없이 시의 명예를 짊어진 시인에 의하여 이루어진다. 명예는커녕 현실적인 삶을 빛나게 하거나 풍부하게 하는 것은 물론 아니다. 하지만 시인에 의하여 우리 언어가 뿌리 깊은 나무처럼 튼튼하게 뻗어 인류의 언어생활에 빛이 됨은 물론 삶을 보다 차원 높게 끌어 올리는 지당한 힘을 갖는다.

'별빛 달빛의 가파른 수다를 들으며/또 한 시절을 기다린다/침묵이 깊어진다'(「나무」 부분) 시인의 오감은 깨어 있음을 이 한 구절로서도 능히 알 수 있다.

> 시간의 틈을 비집고 거침없이 내달립니다//틈 사이를 집중 공략하여 달려야만 합니다//누군가 흘린 땀방울의 흔적을 지우며 달려갑니다//흔적은 사방으로 길이 되어 발길을 기다립니다//발길이 닿은 흔적은 어둠을 분산 시킵니다//목이 칼칼한 어둠//공기 한 모금으로 진정시켜봅니다//어둠은 칼바람을 매달고 질주합니다
>
> – 「어둠은 칼바람을 매달고」 전문

대저 시란 무엇인가. '칼바람을 매달고 질주'하는 정신이다. 시는 말할 나위도 없이 인간정신의 핵이다. 암흑세계에서도 굴하지 않은 일편단심의 맥락이다. 하기에 시는 인간정신을 참신하게 꿰뚫어볼 수 있는 거울이다.

시인 김순옥은 그런 멀고 깨끗한 시 정신으로 시의 길에서 시를 옹호하는 커다란 대들보 역할을 든든하게 수행하리라 믿는다.